300, rue Léon-Joulin, 31101 Toulouse Cedex 9 France

Loi 49.956 du 16.07.1949
Dépôt légal : mars 2005
ISBN : 2-7459-1772-2
Imprimé en France par Pollina, 85400 Luçon - n° L95958c

LES GOÛTERS PHILO

BRIGITTE LABBÉ • MICHEL PUECH

LES CHEFS ET LES AUTRES

ILLUSTRATIONS DE JACQUES AZAM

MILAN
jeunesse

Au menu de ton Goûter Philo

« Moi, plus tard, je veux être chef ! »

Julien a 5 ans. Quand quelqu'un lui demande le métier de son papa, il dit toujours que son papa est « chef. »
« Il est chef de quoi, ton papa ? lui demandent les grands à l'école.
– Chef tout court », répond Julien.
Et quand on lui demande ce qu'il veut faire plus tard, Julien répond toujours : « Quand je serai grand, je veux être chef. »

Mais chef de quoi, ça, il n'en sait rien et il s'en fiche. Pour lui, l'important, c'est d'être chef, un point c'est tout.

En fait, ce que veut dire Julien, c'est que plus tard, quand il sera grand, il veut commander. Il veut avoir du pouvoir sur les autres, il veut donner des ordres et se faire obéir des autres. On comprend qu'un petit enfant rêve d'être chef. Parce que, quand on est petit, on a l'impression qu'on passe son temps à obéir aux autres, on a l'impression que tous les autres sont des chefs : les parents, les instituteurs, les grands frères, les grandes sœurs…
Julien aimerait décider lui-même de ce qu'il mange, de l'heure à laquelle il va se coucher, de ne plus jouer de la flûte, de regarder la télévision quand il veut, de sortir de la classe si ce que dit la maîtresse ne l'intéresse pas.
Souvent, les hommes veulent devenir chefs, tout simplement parce qu'ils en ont assez de recevoir des ordres. Alors, en étant chefs eux-mêmes, ils sont enfin tranquilles, et même, ils peuvent se venger.

Il y a des chefs partout

Chef de chantier, chef d'orchestre, rédacteur en chef, chef de secteur, chef de rayon, chef de bande, chef d'État, chef d'entreprise, chef de bord, chef des armées, chef de parti politique, chef de famille, chef de classe, chef de rang, chef de projet, chef de gare, chef cuisinier, chef de service, chef de cabine, chef de bloc, sous-chef, chef adjoint, médecin chef, chef de camp, chef d'escale, chef pompier, chef d'équipe, chef d'agence, chef de produit, chef d'atelier...

Incroyable, le nombre de chefs ! Et souvent, les chefs ont des chefs, et les chefs des chefs ont des chefs, et les chefs des chefs des chefs ont encore des chefs.

« Assis !... Debout !... Couché !... »

Laura adore jouer avec son chien.
« Assis ! » Le petit chien se pose immédiatement sur son derrière et attend en levant ses gros yeux vers Laura.
« Debout ! » En un clin d'œil, il est de nouveau sur ses 4 pattes.
« Couché ! » Il s'étale de tout son long et pose sa tête entre ses pattes de devant.
« Viens ici ! » Il bondit vers Laura en remuant la queue.
« Donne la patte ! » C'est ce que Laura préfère, avoir le petit bout de sa patte dans le creux de sa main.
« Non, l'autre ! » Hop ! Le chien change de patte.
Ensuite, Laura lui lance une balle de tennis, des dizaines de fois, et le chien la rapporte toujours.
Dès que sa maîtresse en a assez de jouer et lui demande d'aller se coucher, il file dans son panier sans broncher.

Quel plaisir de donner des ordres à son chien et de le voir obéir ! D'ailleurs, les gens qui ont des chiens disent souvent qu'ils préfèrent les chiens aux chats, parce que les chats n'obéissent pas, qu'ils font ce qu'ils veulent et se fichent complètement de ce qu'on leur demande.

Commander, dominer, donner des ordres, se faire obéir, être chef, ça fait très plaisir.

Quand on est chef, on se sent respecté, important, plus grand, et c'est agréable. C'est peut-être pour cela qu'il y a des chefs partout.

C'est toujours elle qui commande !

« Mais non, l'élastique est trop haut. Je vais vous montrer comment il faut le mettre, dit Romane. Et quand on fait le numéro 8, il faut sautiller avec le pied qui est à l'intérieur pendant qu'on fait pointe-talon avec l'autre, sinon t'es éliminée. Allez, on recommence à zéro. C'est Anne la première, et après, c'est moi !

– Oh ! T'es énervante à toujours commander, moi j'arrête de jouer, je vais voir les garçons au foot, décide Alice.

– Moi aussi, dit Clémence, à chaque récré, c'est la même chose ; j'en ai marre que tu décides de tout !

– Oui, et d'abord, pourquoi c'est toi la chef ? » demande Éléonore.

Du coup, Lola et Justine s'en vont aussi, et le jeu s'arrête.

Romane aime être chef. On pourrait penser qu'elle a voulu être chef parce qu'elle a remarqué que les autres ont des difficultés à s'organiser, pour éviter les disputes quand on ne sait pas à qui c'est le tour, pour aider celles qui ne savent pas jouer, pour proposer de nouvelles figures… Mais pas du tout.

Ce qui la pousse à commander, c'est le plaisir de se faire obéir, le plaisir de se sentir importante, le plaisir d'avoir de l'autorité sur les autres.

Mais pour les autres, cette autorité bloque tout, elle enlève l'envie de jouer.

Voilà ce qui se passe quand le chef est chef uniquement parce qu'il aime le pouvoir.

Constance, chef de classe

Il y a des gens qui veulent devenir chefs parce que ça leur plaît de voir tout le monde les saluer quand ils passent, d'avoir un chauffeur et une grosse voiture, de marcher sur un tapis rouge, de passer au feu rouge en roulant à fond, d'avoir la meilleure place quand ils vont à un spectacle…
Ceux-là aiment le pouvoir, et seulement le pouvoir. Heureusement, il y a aussi des gens qui veulent devenir chefs pour d'autres raisons : pour apporter de nouvelles idées, pour proposer des projets, pour changer ce qui ne va pas.

Constance est en 6e, et elle aimerait changer des choses pour que la vie au collège se passe mieux. Elle fait la liste de ses idées :

- Installer des paniers de basket dans la cour de récréation.
- Permettre aux élèves de s'asseoir à côté de qui ils veulent.
- En gymnastique, faire des ateliers et laisser chacun choisir le sport qu'il aime.
- Inviter les parents à venir déjeuner une fois par mois à la cantine.
- Donner les livres en double, pour en avoir un à la maison, un à l'école et ne plus porter de cartable.
- Chaque mois, demander aux élèves de la classe de donner une note aux professeurs.
- Aller en récréation dans le square à côté de l'école une heure par semaine.
- Faire une petite fête en classe pour les anniversaires.

Elle essaie de convaincre Marlène, Isaure, Victoire, Sophie, Emmanuelle, Estelle, Nicolas, Ludovic, Stanislas, Tanguy et Charles que ses idées sont bonnes, et ensuite, elle se dit que si elle est élue chef de classe, ce sera plus facile de faire passer ses idées. Parce que, tous les lundis après la classe, les chefs de classe ont rendez-vous avec le principal pour discuter de la vie du collège.

Constance pourrait très bien se passer d'être chef. Surtout que, le lundi soir, elle a piscine avec ses amis, et qu'elle ne pourra plus y aller. Mais elle choisit quand même de devenir chef de classe. Bien sûr qu'elle aime le pouvoir, comme tous les chefs, bien sûr qu'elle sera fière si elle est élue, et qu'elle foncera le dire à ses parents en rentrant à la maison. Mais le plus intéressant pour elle, c'est de réussir à améliorer des choses dans son collège, de réussir à convaincre le principal et les professeurs d'accepter ses propositions.

Constance, responsable

Constance va peut-être gagner les élections, mais il se peut qu'ensuite aucune de ses propositions ne soit acceptée, et qu'elle n'arrive à rien. Qu'elle rate son travail de chef. Alors là, tout le monde la critiquera. Et elle se dira qu'elle aurait dû rester tranquille dans son coin. C'est risqué d'être chef : on est le seul responsable. Pourtant, il est possible que Constance n'y soit pour rien. Peut-être que le principal est toujours de mauvaise humeur et dit non à tout, sans même se demander si c'est bien. Ou au contraire, le principal sera d'accord avec elle, mais ne réussira pas à convaincre les professeurs. Ou alors, des élèves dans sa classe seront jaloux et feront tout pour que ça ne marche pas…

Mais toutes ces explications ne serviront à rien : Constance, chef de classe, sera responsable. C'est aussi ça, être chef : être critiqué, être même, quelquefois, victime d'injustices. Voilà pourquoi beaucoup de gens préfèrent ne pas être chefs, car finalement, c'est un travail très risqué !

C'est toi la chef !

Félix, Géraldine et Océane ont créé un club de cuisine. Ils se retrouvent chez Océane une fois par semaine. Aujourd'hui, ils font des gâteaux. Félix et Océane ont décidé que Géraldine est la chef.

« Je n'ai pas du tout envie d'être la chef ! Et puis, pourquoi vous voulez une chef ? Et pourquoi moi ?

– Parce que c'est toi qui as apporté le livre de recettes, répond

Océane ; et puis tu fais souvent de la pâtisserie avec ta mère, tu t'y connais mieux que nous. »

Géraldine ne veut pas faire d'histoires et accepte, sans bien savoir ce que veut dire « être chef » dans ce club.

Le premier gâteau ne gonfle pas du tout. Félix et Océane râlent contre Géraldine : « Mais c'est nul, c'est ta faute, tu as oublié de nous dire de mettre de la levure ! »

Le deuxième gâteau est cramé dessus et pas du tout cuit à l'intérieur. Félix et Océane regardent Géraldine avec un air furieux : « C'était sûr, tu as mis le thermostat du four beaucoup trop fort !

— Hé, ça va ! hurle Géraldine.

Vous pouviez y penser, vous aussi !

Pourquoi c'est toujours ma faute ?

— Mais c'est toi la chef ! » répond Félix. Enfin, le troisième gâteau est réussi ! Ouf ! Géraldine respire. Félix et Océane se jettent sur le gâteau sans un mot.

Géraldine en a assez : quand ça réussit, pas sûr que quelqu'un reconnaisse que c'est grâce à elle, mais quand ça rate, c'est de sa faute. Bien pratique pour les autres : si ça rate, ce n'est jamais de leur faute à eux.
Il y a des gens qui préfèrent obéir, qui se sentent mieux en suivant les ordres, qui n'aiment pas prendre des décisions. Parce que prendre des décisions, c'est aussi prendre des responsabilités. Alors, ils se protègent en se cachant derrière un responsable, derrière un chef.

J'aime le vert pomme, et alors ?

Madame Hermine aime tondre sa pelouse
au clair de lune, donc elle réveille
tout le quartier une fois par mois.
Yves Dutour a construit 10 étages de plus
à sa maison, donc les gens qui habitent
derrière lui ne voient plus la mer.
Quand monsieur Grégor fait
ses courses, il arrête sa voiture

au milieu de la rue, donc plus personne ne peut passer.
Hier, Marcel Carpi a repeint la porte de son immeuble en vert pomme, et tout le monde déteste.

Madame Hermine, Yves Dutour, monsieur Grégor, Marcel Carpi veulent être libres. Pas question d'obéir à quelqu'un, ils font ce qu'ils veulent, quand ils veulent, où ils veulent, comme ils veulent.
Mais on voit bien que leur liberté est gênante pour ceux qui vivent autour d'eux. S'ils veulent faire tout ce qui leur passe par la tête, s'ils ont envie de décider seuls de tout, il faut qu'ils aillent habiter sur une île déserte.

Les humains vivent ensemble, en groupes, en communautés, dans des villages, des villes, des pays.
Et pour pouvoir vivre ensemble, nous sommes parfois obligés de faire des choses que nous n'avons pas décidées nous-mêmes, ou de ne pas faire des choses que nous avons envie de faire.

Vélo, voiture ou trottinette ?

Pourtant, les adultes décident beaucoup de choses sans rien demander à personne, sans aller voir un chef qui dit si c'est permis ou pas. Ils décident librement avec qui ils veulent vivre, s'ils vont avoir des enfants, ils décident des prénoms qu'ils leur donnent, de la couleur de leurs canapés, s'ils prennent une douche ou un bain, ils décident quel film ils vont aller voir, s'ils roulent en vélo, en voiture ou en trottinette.
Mais pour que la vie ensemble se passe bien, chacun accepte quand même de suivre des

règles, des lois. Par exemple, ne pas se garer au milieu de la rue, payer des impôts, mettre des vêtements pour sortir de la maison, vider sa poubelle dans une grande poubelle verte et la sortir sur le bord du trottoir, ne pas couper un arbre de la rue quand on manque de bois pour faire du feu dans sa cheminée, demander un permis de construire pour agrandir sa maison…

Mais ces règles, d'où viennent-elles ?

Picarus, chef de village

Au début, les règles venaient souvent d'un chef. Ce que le chef décidait devenait la loi que tout le monde devait respecter.

Picarus est chef de village. Un très bon chef. Depuis qu'il est au pouvoir, tout se passe bien : il a partagé toutes les terres pour que chaque famille ait un champ à cultiver, il a obligé les parents à envoyer les enfants à l'école pour que tout le monde sache lire, écrire et compter, il a interdit les armes et il a pris encore beaucoup de décisions pour que les gens aient ce qu'il leur faut et vivent en paix.

Un jour, le fils de Picarus lui annonce qu'il veut se marier.

Picarus est heureux, c'est son premier enfant qui se marie, il veut organiser une très grande fête. Mais il est très embêté, il n'a pas assez d'argent.
Alors, il fait une nouvelle loi :
chaque fois qu'un enfant du chef se marie, tous les habitants du village doivent donner 150 euros au chef.
« Comme ça, je pourrai offrir la même fête à mes 11 enfants, se réjouit Picarus, et après tout ce que j'ai fait pour ce village, les gens me doivent bien ça. »
Et il prévoit une autre loi : confisquer le champ de ceux qui n'apportent pas l'argent.

Dans ce village, celui qui fait la loi, c'est le chef. Et les gens obéissent à la loi parce qu'elle est décidée par le chef. Pas parce que la loi est juste, bonne, ou décidée par tout le monde, pas parce qu'ils sont d'accord.
Évidemment, ce système est dangereux : le chef peut tout décider, donc il peut aussi décider

des choses mauvaises. Il peut faire des lois qui ne servent pas du tout à rendre la vie en groupe plus facile, plus agréable ; il peut faire des lois qui servent à rendre sa vie à lui plus facile et plus agréable.
Plus personne ne veut ce genre de chefs. Alors, on a inventé un autre système.

Le vrai chef, c'est la loi

Aujourd'hui, normalement, les chefs ne font pas la loi. Pourtant, on croit souvent que le chef d'un village ou d'une ville, le maire, ou que le chef du pays, le président de la République, peuvent tout décider, peuvent faire les lois. Mais pas du tout ! Le travail de ces chefs, c'est d'organiser le vote des lois par tout le monde et ensuite, de faire respecter les lois.
Imaginons que Picarus soit un chef d'aujourd'hui, et qu'il ait quand même son idée bizarre pour le mariage de ses enfants. Il doit poser la question aux gens de son village :

« Acceptez-vous de donner 150 euros pour le mariage de mes enfants ? » ; il doit organiser un vote, les gens votent « oui » ou « non ». Si le « oui » gagne, le travail de Picarus est de faire respecter la loi, de vérifier que les gens apportent l'argent. Et si le « non » gagne, il doit respecter le vote et payer lui-même le mariage de ses enfants.

Dans ce système, le chef ne fait pas la loi : il organise le vote des lois et fait respecter les résultats du vote. Dans ce système, le vrai chef, c'est la loi.

La permission d'être chef

Mais c'est encore mieux : le chef doit maintenant demander la permission d'être chef. Le président de la République n'est pas le chef du pays parce qu'il a été le premier de la classe, parce qu'il est le plus fort, le plus intelligent, le plus grand, le plus beau, le plus gentil, le plus riche… Tout ça n'a rien à voir. Il est le chef, uniquement parce que les habitants du pays lui donnent la permission d'être chef : ils l'ont élu. S'il ne fait pas bien son travail, ils ne revoteront pas pour lui. S'il fait bien son travail, s'il fait ce qu'il a promis de faire, s'il s'occupe bien du pays, si les gens sont contents de lui, ils revoteront pour lui. Cela prouve bien que ce sont les habitants qui décident, que ce sont eux les vrais chefs. Le plus

grand chef a un chef : tous les autres qui ne sont pas chefs.
Le vrai chef, c'est les autres.
Tout ce système, que les hommes ont inventé pour mieux vivre ensemble, s'appelle une démocratie.

Que le meilleur gagne !

Aujourd'hui, sur la plage, premier jour du concours de châteaux de sable.
L'arbitre donne des consignes à toutes les équipes : le château doit avoir 4 tours reliées entre elles,
une entrée principale face à la mer,
des fossés tout autour avec de l'eau dedans, et la hauteur des murs doit être supérieure à 60 centimètres.
Pour le reste, les équipes sont libres d'imaginer ce qu'elles veulent.
Inspection des châteaux dans 1 heure.
« Top chrono, go ! Et que les meilleurs gagnent ! » crie l'arbitre.

Rodolphe est stressé, plus que 3 minutes
et le château de son équipe est
une catastrophe ! Il a 6 tours
et elles sont tellement éloignées
les unes des autres qu'ils n'auront
jamais le temps de les relier ;
il n'y a pas d'eau dans les fossés,
et comme personne n'a voulu
se sacrifier pour aller chercher
un double décimètre, on n'a aucune idée
de la hauteur des murs.
Rodolphe regarde les 2 équipes à côté
de lui : il est dégoûté ! Celle de gauche
a fini, ils décorent tranquillement
les tours avec des coquillages.
Celle de droite s'est divisée en deux,
la moitié ratisse le sable autour
du château, l'autre moitié verse
des seaux d'eau dans leur fossé.
Il ne comprend pas, son équipe avait
de l'avance, ils ont démarré
dès que l'arbitre a dit « *Go !* »,
alors que les autres ont discuté
au moins 5 minutes avant de s'y mettre !

Les 2 autres équipes que Rodolphe a observées n'ont pas commencé le château tout de suite parce qu'elles ont décidé de s'organiser en choisissant un chef, pour dire qui construit les tours, qui va chercher de l'eau, qui s'occupe du double décimètre et des mesures, un chef pour surveiller le temps, vérifier que tout avance comme il faut… Pour être efficace, il fallait un chef.

Pauvre Rodolphe, il est déçu, mais il a compris, il ne se fera plus avoir.

Mais est-ce que cela veut dire que dès qu'on est en groupe pour faire quelque chose, il faut quelqu'un qui commande, un chef ?

Le concours continue

Le lendemain, sur la plage, le concours de châteaux continue. L'équipe de Rodolphe a quand même été sélectionnée au rattrapage pour le second tour. Maintenant, Rodolphe dirige tout : il élimine de son équipe ceux qui n'avaient rien fait, il note les nouvelles consignes sur un carnet, il répartit les rôles et tout le monde se met au travail. Gagné ! Ils sont sélectionnés pour la demi-finale, samedi.

Rodolphe a permis à son équipe de rattraper son échec du premier jour et d'arriver en demi-finale. On peut donc penser qu'il a été un bon chef.

Samedi, demi-finale.
Re-gagné ! L'équipe est sélectionnée pour la finale.
« Dimanche midi ! », hurle l'arbitre dans son micro.

Impeccable. L'organisation que Rodolphe a mise en place marche comme sur des roulettes. Il se dit qu'il ne faut surtout rien changer pour dimanche.

Dimanche, midi moins le quart. Rodolphe est paniqué : ses 2 cousines et son meilleur ami ne sont pas encore là. Midi moins cinq, toujours pas là. Rodolphe les cherche partout sur la plage et, tout à coup, il les voit tous les 3 dans l'eau, à cheval sur une grosse bouée noire. Il fonce vers eux et hurle : « Mais c'est l'heure, grouillez-vous ! »

Son ami Fabrice lui crie : « Non, on a pris la bouée, on n'a plus envie de continuer le concours.

– Mais vous êtes fous, s'énerve Rodolphe, on est en finale, on a toutes les chances de gagner si on s'organise comme les 2 derniers jours.

– Justement, dit Fabrice, on n'a pas du tout envie

de s'organiser ni comme avant-hier,
ni comme hier. C'était super galère,
tu nous prends pour des robots,
on est quand même là pour s'amuser,
faudrait pas l'oublier ! »

Quelque chose n'a pas marché : les gens de son équipe n'ont eu aucun plaisir à participer au concours. Ils sont mieux dans l'eau avec leur grosse bouée. L'espoir de gagner la finale ne suffit pas à les faire rester.

« Je n'y comprends rien, se dit Rodolphe.
Pas de chef, on perd ; avec un chef,
on gagne, d'accord, mais ils ne sont pas
contents, ils ne veulent
pas continuer
et préfèrent
aller faire
autre chose.
Moi, je ne
sais plus
comment il
faut faire ! »

La vie est-elle un concours de châteaux de sable ?

La méthode de Rodolphe, pour gagner, est normale. La plupart des gens pensent qu'il faut un chef, qui décide tout, qui organise tout. C'est simple, rapide, efficace.
Les hommes et les femmes travaillent ensemble pour fabriquer des voitures, construire des routes, vendre des fruits et légumes sur un marché, s'occuper d'une grande ferme ; et l'important, c'est que tout marche bien, tout de suite. Alors, depuis toujours, les humains ont trouvé un système pour réussir à faire toutes ces choses ensemble, comme ils ont trouvé un système pour pouvoir vivre ensemble : des chefs.
Ça peut marcher, 1 fois, 2 fois, quelquefois plus. Mais à la longue, on se rend bien compte que plus personne ne le supporte. Les gens qui travaillent avec des chefs qui les rendent malheureux se mettent en grève, tombent malades, cherchent un autre travail ; les gens qui vivent dans un pays dirigé par un chef

qui les étouffe, par un dictateur, sont malheureux, veulent changer de pays, font parfois la révolution…

C'est parce que souvent, on oublie, comme Rodolphe, qu'être efficace n'est pas la seule chose qui compte. Que la vie ne ressemble pas à un concours de châteaux de sable.

Alors, comment on s'organise ?

Personne ne sait exactement comment il faut faire. Il n'existe pas de système qui soit bon partout, tout le temps, pour tout le monde.

Rodolphe réfléchit. Pour l'été prochain, il faut trouver une solution. Peut-être qu'il faudra plusieurs chefs : un pour l'intérieur du château, un pour l'extérieur et un pour surveiller le temps ; peut-être qu'il n'y aura pas besoin de chef si toute l'équipe se réunit 1 heure avant le concours pour prévoir ce que chacun va faire ; peut-être que le mieux sera de choisir un chef différent tous les jours, ou même de changer de chef à la moitié du temps ; peut-être que rien de tout ça ne va marcher ; peut-être qu'il faudra tout essayer...

Rodolphe va s'en sortir. Avec les membres de son équipe, ils vont faire des essais et des erreurs, et encore des essais, et encore des erreurs, et ainsi de suite jusqu'à ce qu'ils trouvent un système qui marche. Et si un jour des nouveaux arrivent dans l'équipe, il faudra en reparler parce que ce qui allait bien pour les autres ne sera pas forcément bien pour les nouveaux. Alors, il faudra s'adapter et trouver de nouvelles solutions.

C'est plus fort que moi !

Hector se tord de douleur : il a mangé 2 litres de crème à la vanille ; pourtant, il sait que le lait le rend toujours malade, mais il en avait trop envie, il n'a pas pu faire autrement, c'était plus fort que lui.
Valérie est malheureuse, elle vient de casser 10 assiettes, un miroir et son vase préféré. Elle était tellement en colère qu'elle a tout jeté contre le mur ; elle n'a pas pu se retenir, c'était plus fort qu'elle.
Germain pleure, il a honte de lui : dans la rue, un clochard se faisait taper dessus, mais Germain a eu tellement peur qu'il n'a pas réagi. Heureusement que quelqu'un d'autre est intervenu,

parce que lui, il n'a pas pu bouger, c'était plus fort que lui.
Pauline regrette de ne pas être allée à tous les entraînements de basket. L'entraîneur vient de lui dire qu'elle ne jouerait pas la compétition. Pourtant, Pauline voulait plus que tout participer à la compétition, mais elle a eu la flemme d'aller à 3 entraînements par semaine, c'était plus fort qu'elle.
Benjamin a les 2 jambes cassées et l'épaule fracturée. On lui avait dit de ne pas aller sur cette piste noire, que même les skieurs les plus forts n'y allaient plus. Mais il se sentait tellement supérieur à tout le monde et voulait tellement frimer qu'il y est allé, c'était plus fort que lui.

L'envie d'Hector, la colère de Valérie, la peur de Germain, la flemme de Pauline, la frime de Benjamin les poussent à faire ce qu'ils n'ont pas vraiment décidé de faire, comme si quelque chose en eux était « plus fort qu'eux ».

Des disputes, toujours des disputes...

À l'intérieur de chaque être humain, si on regarde bien, on se rend compte qu'il y a un paresseux et un pas paresseux, un coléreux et un calme, un trouillard et un courageux, un ordonné et un désordonné, un qui veut et un qui ne veut pas, un qui ne cherche que du plaisir et un qui sait que ce n'est pas toujours possible, un qui sait ce qu'il doit faire et un qui refuse de le faire, un qui prend le temps de réfléchir et un qui fonce, un frimeur et un modeste...
Donc, finalement, c'est le bazar à l'intérieur de nous, et il y a souvent des disputes entre tout ça quand il faut prendre des décisions.
Il y a en nous plein de chefs qui nous tirent dans tous les sens : « *Moi, j'ai envie d'un gâteau tout de suite* », et un autre répond : « *Oui, mais moi, je ne veux pas dépenser d'argent, je veux économiser pour m'acheter une lampe de poche* », et un troisième répète sans arrêt : « *Mais moi, je n'ai pas le temps de m'arrêter à la boulangerie parce que je dois être à l'heure à l'école* »...

Mais alors, qui met de l'ordre là-dedans ? Qui arbitre ? Qui va décider ? Il faut un chef ? Encore un chef ? Mais quel chef ?

Chef de moi

Quelquefois, le chef, c'est la colère, ou la peur, ou l'envie, ou la frime. Ces choses qu'on appelle des choses « plus fortes que nous », celles qui décident à notre place.
Hector sait qu'il ne supporte pas le lait, ce n'est pas lui qui décide de manger 2 litres de crème, c'est son énorme envie. Valérie a le droit d'être en colère, mais ce n'est pas elle

qui décide de tout casser, c'est sa colère. Ce n'est pas Germain qui décide de ne pas aider le clochard, c'est sa peur. Pauline ne décide pas de rater la compétition, c'est sa flemme qui décide pour elle. C'est la frime de Benjamin qui l'entraîne vers le danger.
En fait, Hector, Valérie, Germain, Pauline et Benjamin n'étaient pas « maîtres d'eux-mêmes », ils n'étaient pas chefs d'eux-mêmes. Alors, si on aime commander, pourquoi ne pas d'abord se commander soi-même, pourquoi ne pas commander tous ces chefs qui s'agitent en nous et veulent nous entraîner chacun dans sa direction ?
Si on aime commander, si on aime être chef, on a toujours quelqu'un à commander : soi-même. Peut-être que c'est ce qu'il y a de plus intéressant dans la vie : être chef de soi !
Et d'ailleurs, comment être un bon chef des autres si on n'arrive même pas à être chef de soi ?

le chef des chefs →

Le chef de moi ce sera...
moi!

Brigitte Labbé est écrivain et Michel Puech est maître de conférences en philosophie à la Sorbonne. Ils sont coauteurs de tous les ouvrages de la collection « De vie en vie » parus aux Éditions Milan.
Jacques Azam, l'illustrateur, signe également des BD d'humour chez Milan.

DANS LA MÊME COLLECTION

1 La vie et la mort
2 La guerre et la paix
3 Les dieux et Dieu
4 Le travail et l'argent
5 Prendre son temps et perdre son temps
6 Pour de vrai et pour de faux
7 Les garçons et les filles
8 Le bien et le mal
9 La justice et l'injustice
10 Ce qu'on sait et ce qu'on ne sait pas
11 Les chefs et les autres
12 Les petits et les grands
13 Libre et pas libre
14 Le bonheur et le malheur
15 La nature et la pollution
16 La fierté et la honte
17 L'être et l'apparence
18 La violence et la non-violence
19 La beauté et la laideur
20 Le rire et les larmes
21 Le courage et la peur
22 Le succès et l'échec
23 L'amour et l'amitié

Quelquefois, on se retrouve entre amis, à deux, à trois ou plus, pour regarder un film, faire un jeu, préparer un exposé ou simplement écouter de la musique. Ou on est là, ensemble, sans rien faire de spécial. Et il arrive que la conversation démarre, sur un sujet qui intéresse tout le monde.

MON CAHIER GOÛTER PHILO

Sans s'en rendre compte, on se lance dans de grandes discussions sur les parents, les professeurs, les amis, sur l'amour, la guerre, la honte, l'injustice… On refait le monde ! Et le soir, quand on se retouve seul, on y repense.

C'était vraiment bien de pouvoir parler de tout ça, même si parfois, on est furieux parce qu'on n'est pas du tout d'accord avec ce que les autres disent, ou parce qu'il y en a qui veulent tout le temps parler et n'écoutent rien.

UN VRAI GOÛTER PHILO

Mais alors ! Si c'était bien, pourquoi ne pas organiser des débats, des discussions, sur un sujet qu'on choisirait ensemble ? À la maison, chez des amis ou, pourquoi pas, à l'école ?

Alors voici quelques trucs pour réussir un vrai « goûter philo ».

- Il vaut mieux ne pas être plus de 10 personnes.

- Évidemment, il faut un bon goûter, à boire et à manger !

- C'est bien d'être assis par terre... On peut s'installer comme on veut, on parle plus librement ! Et on peut mettre le goûter au milieu du cercle...

- Quelqu'un est chargé de proposer plusieurs sujets. Sauf si tout le monde s'est déjà mis d'accord pour parler de quelque chose de précis.

UN VRAI GOÛTER PHILO

- Chacun réfléchit pour décider quel sujet il préfère, sans rien dire aux autres pour ne pas les influencer.

- Quand tout le monde a choisi, on vote pour le sujet dont on a le plus envie de parler. Attention : un seul vote par personne.

- Le sujet qui a le plus de voix gagne : c'est de cela qu'on va parler aujourd'hui.

Les autres trucs, pour réussir à s'écouter, pour ne pas s'agresser, pour accepter les idées différentes des siennes, pour laisser parler tout le monde, ces autres trucs, vous les trouverez vite vous-mêmes !

C'est parti ! Donnez-vous une heure. Mais après tout, vous pouvez aussi y passer la journée !

UN VRAI GOÛTER PHILO SUR LES CHEFS ET LES AUTRES

Les jus de fruits et les gâteaux sont là, le sujet aussi : aujourd'hui, vous avez choisi « Les chefs et les autres ». Si la discussion a du mal à démarrer – cela arrive quelquefois, on se regarde tous et personne ne sait quoi dire ! –, nous vous donnons quelques pistes pour lancer le débat.

- Est-ce qu'on préfère la place de Géraldine, ou celle d'Océane et de Félix, page 19 ?

- Page 24, on peut se demander si des chefs comme Picarus, il en existe encore…

- Pas facile pour Rodolphe, de la page 29 à la page 34, de comprendre ce qui lui arrive ! Comment le lui expliquer ?

- Y a-t-il plein de chefs à l'intérieur de nous, comme les chefs qui commandent Hector, Valérie, Germain, Pauline et Benjamin, pages 38 et 39 ?

UN VRAI GOÛTER PHILO SUR LES CHEFS ET LES AUTRES

Pour s'aider, on peut naviguer comme cela dans le livre. Quelqu'un lit tout haut un passage, ou une des petites histoires. Cela fait penser à d'autres histoires qui nous sont arrivées ou sont arrivées à d'autres, on les raconte et on essaie, ensemble, de comprendre ce qu'elles veulent dire.

On peut aussi se poser des questions, et en poser aux autres. Et chercher ensemble des réponses… ou bien se rendre compte que, quelquefois, on ne trouve pas de réponse : derrière une question, il s'en cache une autre, et encore une autre, et encore une autre…

En voici quelques-unes, en vrac… de quoi s'occuper des heures !

« Est-ce qu'on pourrait se passer complètement de chef ? » ; « C'est quoi, un bon chef ? » ; « Qui préfère ne pas être chef ? Pourquoi ? » ; « Qu'est-ce qui pousse les gens à vouloir commander ? » ; « Est-ce que parfois, ce n'est pas pratique de refuser d'être chef ? » ; « Être chef de soi, qu'est-ce que ça veut dire ? » ; « Quand on est très en colère, est-ce qu'on est chef de soi ? »…

À vous de jouer ! À vous de goûter !
À vous de philosopher !

MES IDÉES...

Ont également participé :

les parents d'élèves de la classe de CM1

- ARROUY Maxime
- JEANNOT Alexandre
- FLAGELLE Sarah
- MOUCHET Maxime
- PROT Pauline
- LANIBOIRE Alexis
- MARCHAIS Carlane
- BARONNET Manon
- LAMOUREUX Bénédicte
- PILLET Manolita

Autres familles de l'école

- CANOT Sophie
- LANDRE
- BAUDIN Corentin
- BEAULIEU Robin
- MARANDON Agathe
- AUDARD Rémy
- GUIGNAT Julien, Marine
- GRANET Mathilde, Guillaume
- AUFRERE Justine, Léa
- GAGNER Chloé
- POITRENAUD Alexandre
- VAQUIER Pierre
- VILMONT Laura
- LIMOUSIN Guilian

... MES HISTOIRES

Les collègues de la maternelle :

- GOUDY Véronique
- MONTEIL Maryse
- ROLAND Anne

Le personnel de la mairie :

- LANDRÉ Marie-Christine
- PIROT Martine
- FOUCRET Marie-Jeanne
- Gigi (Mme COUILLARD)
- LANIBOIRE Nathalie
- BAUDIN Sandrine
- BARNABE Babeth
- JOLLY Françoise
- et GIRAUDON Véronique

MES IDÉES...

Dominique,

C'est avec grand plaisir que nous te remettons ces quelques présents. Merci pour ta sympathie, ton professionalisme et ta présence à l'école Jean Moulin de Montierchaume.

Amicalement,

tes collègues :

- Annie Mandin
- Anne-Marie Bret
- Catherine Frégis
- Séverine Rossinelli
- Mélanie Richasse

... MES HISTOIRES